레몬에이드이고 싶다

레몬에이드이고 싶다

이기숙 시집

정음판

가을이다
쪽빛 하늘 싱그러운 바람이 옷깃을 스친다
텃밭에 씨를 뿌리고, 여름엔 태양 빛을 한껏 머금은
알곡들이 가을엔 튼실하게 잘 여물어 햇살에 빛난다
오랫동안 서랍 속에 꾹꾹 쟁여놓은 글들이 외출을 꿈꾸던
봄 향기를 시첩에 담아본다
글을 쓴 지 10여 년이 지났다 강산이 한번 지나 몇 년이
더 지났다
분주한 햇살 해의 속도 쫓아가며 글을 쓰는 일은 내겐
그저 설렘이고 할 일이 있다는 것만으로도 한없이 좋았고
기쁨이었다
인고와 서정의 시간을 컴퓨터에 한 편 두 편씩 저장하며
글밭에 물을 주고
꽃에게 말을 걸어 주며 온종일 몰입해서 집중하다 보면
마음속에 깊고 든든한 저장분이 되어 삶을 다독여준다

한줄 한줄 땀과 정성을 담은 마중물은 반짝이는 강물처럼
마음을 촉촉히 적셔준다
부끄러운 글을 한 권의 책으로 엮을 수 있도록 도와준
가족과 함께 공부하며 용기를 준 지인 선생님께 진심으로
고마운 마음 감사드린다.

2022년 3월

이 기 숙

차 례

1부. 신비한 아보가드로수 비밀을 읽고

2부. 홀로 피는 꽃은 없다

3부. 녹두꽃의 노래

4부. 둥글게 휘어진다는 것

5부. 보탑사 야생화를 보며

1부

신비한 아보가드로수
비밀을 읽고

휴~내쉬는 날숨에

크로마뇽인 있고

고조선 할아버지도 있다네

봄

한낮
통통 튀어 오르는
봄 햇살

겨울 벤치에
살그머니 봄을 껴안고
쭉 기지개 켜는 도둑 고양이 수염

햇볕의
푸른 꼬리를 슬쩍 낚아채고 있다
봄.

입춘 나들이

산수유나무가지에
고양이 동그란 눈이
촘촘히 달려 있네

눈 쌓인 잔디밭 도랑에
생쥐 한 마리
빨간 산수유 열매 물고 또르르…

매서운 추위
꽃샘바람 지나면
강남 갔던 제비, 씨앗 물고
연분홍 봄 편지 배달하겠지

봄이 오면

봄이 오면
연둣빛 숲속으로
봄 맞으러 가야지

진달래, 산수유, 벚꽃, 개나리…
꽃향기 가득
봄 담으러 가야지

온갖 시름 벗고
잎새들 옹알이하는 들판으로
봄 들으러 가야지

봄이 오면
고양이 솜털 같은
봄 만지러 가야지

유채꽃 1

담장에
노란 별들이 고양이 눈처럼 빛난다

달콤한 꽃대에 깃드는
햇살의 이마

꿀벌 나비 물결치며
출렁이는 금 모래밭

노랗게 타오르는
제 색깔에 익다 못해

순도 높은
눈물이 울컹 뜨거워

유채꽃의
샛노랑 기름이 되네

유채꽃 2

쪽빛 하늘에
샛노란 유채꽃

하도 예뻐
손톱으로 톡톡

돌담에 속삭이는
노랑나비 물결

상냥한
봄 햇살을 만진다

구름

쓸쓸한 날
팔짱 낀 외로움이 곁에 찾아와

해종일 팔짱 끼고
덩그러니 먼 산을 바라보네

이심전심
안개 숲에 갇힌 덩굴과 돌이
작은 고양이 걸음으로 다가와

그래도 인생은
가장 아름다운 섬에
예쁜 꽃 한 송이 가꾸며

세월 흐르듯 구름 흐르듯
외로운 짐 보따리를
쌌다 풀었다 담았다 술래잡기하는

천년만년
행복한 구름 보따리
장수라 말하네

가지꽃

낮에는 햇살
밤에는 달빛이
보듬어준 탐스러운 가지

짙푸른 가지 잎사귀 사이로
탱탱한 별이 총총 솟아오르는
빛나는 보석들

따도 따도
또 열리고 열려
함지박에 함박웃음

해마다
가지 나무에 꽃 피우고 열매 맺어
또 익고 익는 사랑
가지꽃

분꽃

해종일
앙다문 입술
분이 나는가 보다

화단 속에서 코티분을
콕콕 찍어 바르는
귀뚜라미 한 마리

흰 분홍 노랑 꽃 못 속에 박혀
귓불에 찰랑이는 까만 눈동자

해질녘 여문 햇살에
꽃불 밝히는 까만 씨알 하나
분꽃 향기

고려청자를 바라보며

맑은 선이
아리따운 비색의 고려청자

수만 흙덩이 구울려
달빛과 물소리 고요를 담아
비바람과 풍랑으로 물레를 돌렸을 것이다

수없는 거문고 타는 소리 투-웅
용이 오르고 모란이 피고
천년학이 헐-헐

눈이 시린 청자
푸른 달빛과 구름 문양을 깎고 다듬어
도공의 매운 눈물로 피어난 고려청자
비색이며 옥빛이더라

강물 같은 하늘
고려인의 푸른 핏줄이 살아있는
천년의 꿈
고려청자 빛이 눈 부시다

고구마 라떼

고구마를 삶는다
잉어, 붕어, 송사리
솥에서 김이 솟아오른다

다 익었나 싶어
젓가락으로 찔러본다.
다 익었다.

새색시 다홍치마 앞섶
지즐대는 뽀얀 속살 지느러미 즈려타고
입속으로 헤엄쳐 들어간다

오래 익는 고통은 깊은 곳에서 고요하다
제 울음을 조용히 품은 채

서울의 밤 종로 골목길
고궁에 보름달이 환하게 빛납니다

신비한 아보가드로수 비밀을 읽고

아보가드로수
물질 1mol에 들어있는 입자의 개수가 $6.02214076 \times 10^{23}$
휴~들어 마시는 들숨에
예수님, 석가모니 부처님도 계시네

휴~내쉬는 날숨에
크로마뇽인 있고
고조선 할아버지도 있다네

휴~내쉬는 들숨과 날숨에
공룡의 오줌 있고
고양이 검은 똥도 있다네

입자와 입자 사이
바다, 나무, 구름은 모두 하나라네

"네 이웃을 네 몸과 같이 사랑하라"라는 말씀
깊은 심장 속에 꼭꼭 박히네

광활한 우주
신비한 아보가드로수

딸의 미술학원에서

해맑은 아침 햇살들
종달새 교실 안으로
아장아장 개나리꽃처럼 걸어온다

푸른 도화지에 무지개 물감 가득 풀어 놓고
유리창에도 바닥에도
실비 촉촉 뿌린다

햇님, 꽃나무, 다람쥐, 신데렐라, 왕자님 동화나라
그리는 착한 마음, 고운 마음 쑥쑥 자란다

오후 수업
지구를 짊어진 듯한 학원 가방 놓고
들뜬 마음으로 K팝 춤추며 장난치는 아이들

고흐가 되고 피카소가 되어
푸른 붓이 춤추는 넓은 마당의 도화지에 꿈을 그린다

보석 같은 아이들
울창한 숲에 푸른 새싹 틔워
튼실한 잎을 내어 꽃을 활짝 피워주는

딸의 미술학원 빛나라

감나무

1.
햇살 고루 비춰
연둣빛 잎새 무성하게
틔워놓고 한 자리 지키는 모습

감나무 가지에
촘촘히 매달린 풋감
대청마루 쪼르르 앉아

긴 대바늘 실로
꿰어 놀던 구름 꽃목걸이
아련히 피어오르는 추억

2.
짙푸른 감잎사귀
한여름 땡볕에
앓던 생채기
햇살에 볼이 파랗게 얼어

설움 맛과 뚫음을 견디며
단내로
달빛에 고요히 익혀온 시간 들

어느덧 가을 햇살 속으로
붉게 타오르는 네 모습
주황빛 햇덩이

궁남지 연꽃 나들이

부여 궁남지
휘휘 늘어진 수양버들
춤추는 포룡정 섬 오솔길

백제 세월이 깃든
서동요 노랫가락이 귓가에 들리는 듯
옛 전설만 남아 연못에 흐르네

홍련, 백련, 수련은
나를 바라보고 미소 지으며
큰 자비를 베풀어 주네

짙어가는 연꽃향에 취한 나
서동과 선화공주의 사랑 이야기 담아 온
부여 궁남지 가족 나들이

가을 하늘 울타리가 푸르다

이팝나무

진등산 언덕
이팝나무 가지에 꽃눈이 하얗게 내리네

흐드러진 햇살에도
함박눈에도
녹지 않는 꽃

오미 장날이면
사주시던 오코시 과자봉지
먼 아지랑이 속에
안개꽃처럼 피어나는 아버지의 환한 미소

해마다 오월이면
이팝나무 그늘 아래
뻐꾸기 울음소리 따라

고봉으로 소복소복 쌓인 눈꽃
그리움이 먼 산을 넘는다

만두를 빚으며

김치 다지고
흰 두부 꼭 짜서
파, 마늘, 깨소금, 참기름
양념 듬뿍 담아
조물조물 행복을 빚는다

식구들 한창 분주하다
매콤달콤 김치맛, 고추맛
윷놀이에 웃음꽃 보따리 싸고 풀고
하하 호호

올해도 좋은 일만 있으라고
건강히 잘 지내라고
복주머니에 정성과 사랑담아
예쁘게 만두 빚는다

아침

해가 뜬다
집집마다 밝은 해가 뜬다

해종일
소나무가지 사이로
비추는 햇살

오늘은 좋은 날이다

시냇가

앞뜰에 종일 시냇물
흐르는 소리

푸른 물결 위에 노니는
피라미, 붕어, 잉어

맑은 눈동자 속
돌멩이 양수에 귀 열고 선 지느러미 돋은 채

시냇물 줄기가 팽팽해져
두근두근 느닷없이 몰아치는 휘파람

두리번두리번
모래밭 토란 잎 위에 물방울 하나
또로롱….

섬

남들은 섬이 외롭다고 할지라도
가끔은 쓰라린 소금을 삼킬지라도

보석같이 나를 빛나게 하는 것은
무한한 공간과 바다에
기쁨이 찰랑거리는
내게 주어진 행복

맑은 햇살과 투명한 눈빛으로
다독여주고 지켜주는
섬

옥수수 1

넌출넌출 늘씬한 몸매
촘촘히 박힌 진주알
윤기 자르르
보석 빛-난-다

집안에 김이 모락모락
구수한 향기
그리움이 익어가는 감칠맛

할머니의 땀방울
보석 같은

옥수수 2

우쭐우쭐대는
빌딩 숲에 눈부신 하얀 미소
하모니카 분다

플룻

화음이 춤춘다
반나 드레스 붉은 실루엣 드리우고

사랑의 세레나데
살랑이는 나뭇잎 손끝에 안겨
코를 훑는 소리는
감미로운 선율 따라
뜨거운 심장을 촉촉이 적신다

플룻이 춤춘다
겨우내 움츠렸던 날개
봄을 기다리는 여인의 애틋한 사랑
솔베이지 노래는
천상의 울림을 타고 눈가를 촉촉 적신다

어느새
꽃도 구름도 나무도 함께하는
숲속 연주회

플롯의 향기는
신께서 빚어 놓은
새들의 아름다운 노랫 봉지
푸롯푸롯 풋풋풋…

2부

홀로 피는 꽃은 없다

꽃술

햇살 한 줌

펄럭이는 바람과 구름

우주가 품어주는 꽃향기 머금고

꽃과 나

식탁에 꽃 한 송이
자석처럼 나를 끌어당기는 눈빛

꽃은 나를 바라보고 웃고
나는 꽃을 바라보고 웃네

호수

쪽빛 하늘
솜털 구름 가만히 흐르는 호수가
쓸쓸하고 고독한 바람이 불지만

언제나 나를 지켜주는
맑은 눈동자와 유리구슬 같은
시와 별빛 있어
내 마음을 치유해 주지만

안개 속
깊은 감옥에 빠져
빗방울 하나 바늘 하나 숨길 수 없는 고독

호수여 너는 알리라
호수에 출렁이는 바람을

진달래

봄바람 불면
연분홍빛 설렘

빗장 걸었던 가슴
꽃 문 열고

소월의 진달래꽃
걸음걸음마다 꽃 멀미에 취해

오실 듯 아니 오시는
임의 발길
사뿐사뿐 즈려밟고

이산 저산
꽃잎 먹고 취한 두견새 훨훨
붉은 산을 헤맨다

홀로 피는 꽃은 없다

틈새에 피어난
작은 꽃

꽃술
햇살 한 줌
펄럭이는 바람과 구름
우주가 품어주는 꽃향기 머금고

세상은
지구별 하나
이웃 꽃 하나
그냥 홀로 피는 꽃은 없다

홍시

무성한 나뭇잎 가지 사이로
촘촘히 매달린 풋감

산모롱이
매서운 폭풍
비바람 견디며

어느덧
가을 햇살 속으로
붉은 해를 머금은
홍시 하나

뜨거운
제 색깔에 못 이겨
붉게 타오르는
주황빛 홍시여

이 가을 녘
우주의 향기를
통째로 삼킨다

예그리나 카페

산성 숲속
맑은 솔바람 샘솟는 예그리나
벚꽃송이마다
함초롬 이슬방울 머금고
꽃 진주 활짝 피어나네

첫 손님은 초면이라 반갑고
두 번 오신 손님은 단골이라 반갑고
세 번 오신 손님은 가족이라 반갑다네

태양같이 붉은 테라스 창가
달콤한 커피향이 흐르는
모카라떼 차 한잔 마시며
먼 산을 응시하네

꽃잎 흔드는 바람 소리
어깨 출렁이며 웃는
들꽃, 새, 나비, 다람쥐…
달콤한 여유를 마신다

수국꽃을 보며

푸짐한 햇살이 곱다
달같이 탐스런 미소

비에 젖어도 곱다
연둣빛 이마 함초롬 이슬 머금고

햇볕 바람 잘 통하는
화단에 둥근 꽃송이 불려가며
알뿌리 같은 햇살을 심어주던 사랑

화분 속
노랑나비 떼
실바람결에 일렁이는 오후

약고추장과 영조대왕

영조 대왕께서
입맛 없으시던 팔십 세에도
검소한 수라상에
매콤한 고추장 드시고 비위를 잘 다스려
장수하셨다는 이야기

해마다
태양초 고춧가루
구수한 메줏가루
달콤한 엿질금
기 살리는 찹쌀과 천일염으로

햇볕 바람을 쬐여 담은
맛깔스러운 오미가 익고 익어
잘 숙성되어 빨간 보물이 된 항아리

21세기에도
K팝스타 BTS 덕분에 좋아한다는
세계 명약이 된 약고추장

매콤달콤
내 입은 불났다

20층 통유리창에 거미가 산다

코끝에 커피 향 머무를 겨를도 없이
창가로 몰려든 파리, 모기, 하루살이

먹잇감 잡는 순간
그물에 갇힌 거미 일터

잠시 낮잠도 바느질도, SNS도
빙글빙글 춤추듯 줄타기하는 일상

해가 잰 걸음으로 꼬리를 감추는 시간
빨간 창틀 그물에 갇힌 벌레들을 다 삼켜버린다

다시 아침이면
정교한 나뭇잎에

바늘 구름같이 촘촘한 햇살을 비집고 들어와
달그락달그락

거센 비바람 불어 온몸 출렁거려도

벽을 꼭 잡고 견고하게 버텨내는 거미

햇볕 잘 비추는 창가에서
밥 잘 짓고 시집을 잘 엮는 거미의 일터

아카시아꽃

흐드러지게 피었다
눈이 펑펑 내린 듯

앞산에도
뒷산에도

오월이면
숲속의 뻐꾸기 울음소리
아버지의 눈물 애달파

밤새
이슬 방울방울 모아 핀
소금꽃

빛나는 봄의 정원

초록에 물을 주고
흙에 스미는 소리 가만히 귀 기울여 본다

겨우내
찬바람 견딘 봄이
연둣빛, 이마 쏘옥 내밀고
기지개 켜는 고양이 눈망울

분주한 햇살 쫓아가며
된더위를 견딘 화분에
단비를 흠뻑 뿌려주니
줄기에 구름처럼 피어나는 푸른 잎사귀

종일토록
묵묵히 제 소임 다해 열매를
꽃으로 씨앗으로 꽃밭을 가꾸는

내 일상의 오롯한 기쁨
봄의 정원

청남대

굽이굽이
산 그림자 깊게 드리운 강물
칼바람 고요하다

비바람 몰아쳐도
거센 폭풍 이겨내며
무궁화 줄기마다 겨레의 숨결이 깃든
강인한 역사의 꽃 피고 또 피어 오르고

우거진 숲
푸른 강줄기마다

산은 호수를 품고
호수는 구름을 품고
안개비 흐르는 청남대

강물 같은 하늘
은빛 물결 찬란한
갈대들의 엄숙한 기도 모으고

노을빛 담은 호수
반짝이는 윤슬 따라
점잖은 오리 한 쌍
유유히 헤엄치고 있다

갈등이라네

칡넝쿨 산 쪽
등 넝쿨 들 쪽으로 휘감고
엉킨 실타래

나로 물들이고 싶어
까만 개미 같은 말 쏟아놓았네
사랑이 집착인지
차라리 잔잔히 침묵할 것을

해가 떠올라도
둥근 달을 보아도
깜깜한 강물이라네

햇살 푸짐하게 풀어놓은 날
괜찮아, 등 대고 다독이니

잎새에 흥이 돋고
줄기에 금방 꽃이 피어나네

꽃, 나무, 까치도 활짝 웃어주니
온통 예쁜 꽃밭이라네

제주 갈치

제주 바다에서
낚시해온 은빛 무용수

그녀가 보내준 정성
눈부신 비단 검

빛나는 너의 자태
번쩍번쩍 빛난다.

주방에서 사랑받는 몸
높이 치솟는 값
너의 인기 하늘을 치솟는다

매콤달콤
파, 무, 고추, 양파, 마늘

잘 어우러지니
환상적인 궁합

싱싱한
푸른 바다를 먹는다

달개비꽃

쪽빛 하늘 닮은
청보라 꽃잎

손톱으로 톡 건드리면
금방 녹을 듯

숲속
거센 비바람 몰아쳐도

강인한 뿌리 마디마다
배어 나오는
진득한 풀 향기

푸른 나비 떼
쪽빛 치마 닮은
달개비꽃

연꽃처럼

살포시
천상의 미소 머금은
청정한 자태

세속에 젖은 풀잎들의
온갖 시름 끌어안고
맑은 향기로
밝혀주는
저 등불 하나

연꽃의 깊은 뿌리는
작은 실바람에도 일렁이는
소금쟁이의 발뒤꿈치 남루한 상처를
둥글게 감싸주는
그윽한 심연의 바다여

새도, 달도, 별도
연꽃처럼 고요히
마음 닦는다

연잎의 지혜

수면 위로
살며시 수정 같은 물방울
담은 연잎

감당할 수 있을 만큼
싣고 있다가
무거워지면
연못으로 또르르~

연잎의 지혜는
스스로 비워내고
스스로 마음 다스릴 줄 알기에
상처받지 아니한다

연잎의 둥근 수레바퀴 자국은
물고기들의 눈물을 닦아주고 감싸주는
늘 맑은 종소리와 같다

대나무

마디 없는 생이
어디 있으랴

세찬 비바람
견디고 이겨내

깊어 질수록
곧게 뿌리 내리는

너의 푸른생,
닮고 싶다

밤꽃

밤꽃 피는
유월의 숲
사방이 안개꽃밭

산등성이 언덕
구르고 구르는 밤나무 그네
스란치마 하늘을 치솟고
새들 속살거리는 밤

밤꽃 향기 쫓아
그녀가 하늘인지
하늘이 그녀인지

유월의 숲
숲속 궁전에
별빛을 쏘아 올린 고흐의
프로방스

초여름 밤
시골 공주의 아름다운 행차 나들이
밤 꽃향기

장독대 옆에서

탕골 뒤란 항아리 속에
흰구름 둥실 떠오른다

봄 햇살에
뜨거운 열기를 오롯이 받아내는
장맛은 더욱 깊어지고

뙤약볕과 가시덤풀 숲을 매만지시어
잘 숙성된 고추장, 된장을
보물처럼 여기시며
골고루 나누어 주시던 어머니 사랑

켜켜이 쌓인 돌담에
갈참을 심고 새소리 살랑이던
옛 추억을 알고 있는 듯

함박꽃 향기는 그리움으로 피어나
사철 익어 가는데
지금은 울타리 너머

한적한 산샛소리와 다람쥐만 드나들 뿐

장독대 옆 맨드라미
생 살갗 혈관 속으로 타오르는 꽃잎의
눈시울이 붉다, 빨갛게 빨갛게

* 탕골: 시댁의 보은 고향마을

민들레의 꿈

골목 한 귀퉁이를
데우는 맑은 햇살

보잘것없다 생각지 마라

세찬 바람에도
봄의 꽃대 힘껏 밀어 올려
중년의 깃털 당당히 세우고

자유, 평화, 희망 찾아
세차게 날갯짓하는 당신

오솔길

문을 연다
길이 보인다
길 위에 길

민들레가 웃어주고
까치가 날아오르고
풀이 돋는 숲길

언덕 너머
새로운 길
나를 발견하며 걷는 길

길은 시작이다
오늘도 내일도

3부

녹두꽃의 노래

새야 새야 파랑새야

녹두꽃 향기로운 들꽃으로 피어나라

정말 피었다 만져보고 싶은 날

봄비

밤새 봄비가 촉촉
산수유 진달래 개나리
꽃망울 터지는 소리

담장 밑에 쏙쏙
기지개 켜는 수염
고양이 손가락 건반 두드리는 소리

꽃잎 놀랠까?
어린싹 놀랠까?

자박자박 빗방울 연주곡

꽃사과

아직도
새콤달콤
꽃 속의 얼굴

풋풋한 향 내음
푸른 문장 주렁주렁
열매 꽃 까르르 까르르

태양 사이로
빨갛게 달아오른 사과처럼
화사한 여인

오월의
동글동글
어여쁜 신부
꽃사과

호박잎

한낮 태양을 향한 춤사위
아무도 너를 가로막지 못하네

불보다 더 뜨거운 욕망의 늪
하늘을 향하여

서두름 없이 뻗쳐나가는 덩쿨
저 시퍼런 호박잎

옷감을 만지며

서랍 속에 꾹꾹 쟁여놓은 옷감
한 땀 한 땀 정성을 다하는 손길

헐거워진 옷감
씨실과 날실이 고르지 못해
뜯어진 솔기 다듬고 시침질한다

언제부터인가
뽀얀 어깨에 빨리 걸치고 싶은 마음 있었다
햇살들에 눈빛이 따가운 줄도 모르고

오늘도 지나간 날들
잊을만하면 또 뜯어 감치고 둥글려서
다림질로 옛 시접을 바로 잡는다

날마다 민달팽이 홈질하듯 천천히
시접을 박음질한다
고슴도치 사랑하는 마음으로

빛나는 보물

어느 날
베란다 화분에 빨간 고추씨가
우주의 신비로 새싹을 띄웠다

햇살과 바람 사랑을 먹고 자란
짙푸른 잎사귀 피어 오르고

한여름 꿀벌 나비 분주하게
꽃피우고 열매 맺어

빨간 지붕 위로
달고 맵게 한창 익어가는
붉은 고추밭
듬직하고 늠름하다

아침 태양처럼 밝게 솟아오르는
소중한 나의 보물입니다

봄이 줄탁

벗나무 꽃잎
햇살의 부리로
톡톡 쪼아대고

산수유 꽃망울
노란 부리로 혈관 속을 톡톡
알에서 꽃눈이 튼다

오늘은 부활절
시골교회 마당 가
자주색 벽돌 지붕 위에
거룩한 십자가의 향기

온종일
예배당 종소리는
고난의 저녁 햇살을 품으며
서로 화합하는 마음 꽃처럼 피어난다

개나리, 진달래, 벚꽃, 산수유
만개하는 봄볕 소리에
움츠렸던 내 마음도 기지개 켜며
꽃망울 튼다

장미꽃

가시와 꽃잎이
찌를 듯이
한줄기에 나란히

사랑과 미움이
부딪힐 듯
한 가지에 나란히

눈물과 사랑을
머금은 쇠사슬

향기에 모순
장미꽃

단풍색시

여름이 슬그머니
꼬리를 감춘 숲속

울긋불긋 가을옷 입은 단풍색시
어디선가
헛기침 소리에
화들짝 놀라 달아나고

가을을 준비하는 숲속 들녘 사내
사각사각 불어오는 짓궂은
산엣 바람
선웃음 소리

마당에 밤이 들어
활활 타오르는 불꽃 놀이에
단풍색시 두 손 가리고
얼굴 빨개졌다네

압력밥솥 향기

동살 트는 분주한 아침
칙칙폭폭 증기기관차 달린다

서리태 검은콩 웅성웅성
풋보리, 쌀, 수수
좁쌀 영감 자리 잡고
고향 이야기들로 떠들썩하다

잠시 후 중간 정거장 푸-푸우-
수증기 뿜으며 목적지에 도착했습니다
뻐꾸기 노랫소리 친절하다

문 열자
꽃처럼 활짝 핀 벼꽃송이들
듬뿍 핀 안개꽃 윤기 자르르 자르르
엄마의 밥향기 솔솔

한낮
나비 떼 물결 하르르 하르르
꿈속을 날아오른다

시장 풍경

빨간 다라 앞에
까맣게 그을린 얼굴
후덕한 아주머니

봄동 1,000원
미나리, 쑥갓, 상추 2,000원
바나나 한 줄 3,000원
은빛 무용수 갈치 7,000원
봄을 몽땅 풀고 있다

온갖 먹거리가 남아도는 시장 풍경
얼마나 더 팔려야 집에 갈 수 있나

온종일 마음 한 자락 깔고 앉아
노란 참외를 깎고 있는
아주머니 눈빛이 애틋하다

상추 한 보따리에 따라온 달팽이
풀잎 지도 그린다

섬

시가 춤추는
나의 섬 나의 섬 로도스

바위 기슭에 산양이 뛰어놀고
안개는 브로콜리처럼 피어올라
파도가 포옹하는 장미꽃밭

태양의 섬
여기가 내안에 로도스다
부지런히 뛰어라

장가계

후난성 폭풍이 구름을 몰고 온 곳
토가족 조상들이 오가지도 못하고
장량의 세력에 밀려 안주했던 자리

높은 구름 천문산
하늘에 닿은 듯 장엄한 산자락
안개인지 구름인지
와~ 감탄사 세속은 절로 잊혀짐이여

신이 빚어 놓은 선경은 장관이지만
자본의 큰 손 주인이 산을 조각한 무릉도원
정작 세월을 잡지 못한 후예들에게는
손에 쥐어진 게 없어
바람에 내몰린 후예들

고단한 얼굴로
질퍽한 길바닥에 앉아
천원, 천원 사주세요
눅눅한 지폐만 눈에 들어올 뿐
두 손 내민 외침이 구구절절하다

평화의 꽃

가슴 벅찬 남과 북, 미국
큰 산들의 어깨동무

50cm 계단
사뿐히 즈려밟고
설렘의 악수

봄볕처럼 따뜻한
평화의 꽃 피워
온 땅을 뜨겁게 적시네

하늘과 땅
꽃보다 아름다운 소의 길 걸으며

수만 방울의 한강 물과
수만 방울의 대동강 물로
화합의 소나무 심었네

그러나 숲속 보도의 다리
비밀은 암호로도 풀 수 없네

비밀을 풀 수 있는 것은 바람 소리와
산새소리, 노루뿐이라네

그 꽃 피는 날
꽃보다 아름다운 새 역사 쓰며
백록담에 평화의 꽃
백두산에 희망의 꽃
피우리 피우리

사랑의 꽃

사랑한다는 것은 믿는다는 것
쉽지 않겠지만

진실한 생명의 꽃
사랑할 수 있는 것은
사랑을 받을 수 있는 것

칭찬은 백번 천번 해도
모자람 없이
묻지 않은 말은 하지 말고
어리지만 어른 소견을 가진
사랑스러운 꽃

깊고 넓은 알뿌리 같은 마음
너의 앞날을
찬란한 태양이 환하게
비출 것을 믿는다

늘
행복한 인생을 보내게 해달라
기도한다

노력의 꽃

말콤 글래드웰의
아웃 라이더라는 책에
"일만 시간의 법칙"이 있다

모차르트, 빌 게이츠도
일만 시간 반복을 바치고
결국 원하는 바를 얻었다

일만 시간이면
하루 3시간
일주일 21시간
약 10년이다

어떤 일이든 연습이다
빗물이 바윗돌을 뚫는 것처럼
축구도, 공부도, 피아노도
노력 없이는 꽃과 열매를 맺을 수 없다

돈만 저축하는 게 아니라
시간도 연습도 저축해야 한다

백마장 구레나룻

천년 세월
쉼 없이 흐르는 저 물결

공주에서 부여로 흘러
안개비 흩뿌리는 백마강 구레나룻
흐르는 건지, 멈춤 건지

삼천궁녀, 황포돛대는 아니 보이고
천년송만 남아 사공도 울고 삿대도 울고
은빛 물결 반짝이는 강물만 유유히 흐르네

천년 세월
굽어보는 저 소나무와 바위는 망부석 되어
목만 길게 빼고
백마강 말발굽 소리만 듣고 있구나

들꽃

파란 하늘을 이고
길섶에 지천으로 피어있는 꽃

눈이 부시지도
향기롭지도 않지만

하얀 박하사탕처럼
순한 향기 뿌리고

한적한 들녘
섧은 달빛 무리 지어
핀 소금꽃

온 들녘
펼쳐진 옥양목 치마
새하얗게 바래고 있다

귀뚜라미야

귀뚜라미야
너무 울지 말아라

네그리 슬피 울면
얼음 같은 내 마음
사르르 녹아내리려 한다

귀뚜라미야
네그리 하 슬피 울면
바위 같은, 차돌 같은
내 마음 흔들리려 한다

어느 늦가을 저녁때

녹두꽃의 노래

1.
지리산 올라
만경들 바라보니
섬이 되어 파도 소리 듣는다

부릅뜬 눈 타는 눈빛
해진 옷자락에 상투하나!
녹두꽃 굳은살 찢기고 핥긴 마음
그 누가 알리

녹두꽃 자지러지게 피면 돌아올까?
울며 울지 않는 녹두 알 같은 눈물 소리
적막강산 안개비여라

2.
섦은 땅 눈 내리는
우금치 벌판에서 무명 띠 두르고
검은 칼바람 두 팔로 막으며

이름까지 빼앗기고 살던

순하디 순한 풀잎들의 물결
애닲게 흐르는 강물이어라

새야 새야 파랑새야
녹두꽃 향기 들꽃으로 피어나라
정말 피었다 만져보고 싶은 날

눈 비벼봐도 귀 기울여 봐도
정녕 듣고 싶은 노래

동진강 파도는 기여이 기여이
봄이 오는
남쪽 바다로 뜨겁게 뜨겁게 흐르리

분꽃

뜨락에 다소곳이 앉아
햇볕 틈새로 가야금 현을
곧게 당기는 그녀

옅은 노랑 분홍 귓불에
분꽃 귀고리 찰랑이며
자개 분첩 열고
코티분을 콕콕 찍어 바르는 연지

밤이 새도록
달빛을 사랑한 그녀
꽃잎 지그시 빗장 걸어 잠그고
꽃대궁 깊이 새겨진 사유의 길로 자맥질한다

다시 아침 해 뜨면
세상 귀퉁이마다
꽃대에 스미는 햇살의 감촉
새까맣게 여무는 눈동자
꽃잎 흠뻑 붉습니다

풍경

한낮
소음과 뉴스가 시끄럽다

여랑이 어떻고
야랑이 어떻고

벽과 벽 사이
그는 자유 나는 평화

섬과 섬 사이
바람과 구름이
출렁이는 혁명

빨강과 파랑 물결이 흐른다
그가 내가 되고
내가 그가 되는

여의도 대숲 길이
안갯속이다

배추밭

배추밭에 푸른 애벌레
일기장 갈피마다
그리움이 스며 있다

눅눅한 여름날
배추밭이랑 얼룩진 페이지마다
구름 낀 문장들
풀숲의 노랑 멧새 노랫소리 받아 적는다

배추밭 고랑에 긁힌 시퍼런 상처
넓적한 잎사귀로 옷섶 여미며
밑바닥부터 품어준 자애스런 햇살 덕분에
노란 배추꽃 속지 가득 채운다

겨우내 읽어야 할 삼백 권의 솔잎 메시지
눈부신 소금꽃의 다정한 말씀

깊은 명상하며
서로 껴안고 익는다

4부

둥글게 휘어진다는 것

가끔은 산까치도 앉아 쉬기도 하고
함박눈도 개미도 깊은 생각에 젖어
의자처럼 앉아 쉬었다 가네

입추 오는 소리

기세등등했던 여름도
도둑고양이처럼 슬그머니 꼬리 내리고

푸른 바람이
노란 창문을 비집고 들어와
찰 부랑 찰 부랑
벼꽃 익어가는 소리

계절의 절기는
세월의 가로등을 켜둔 채
해와 달이 숨고 찾고….

가을이 하얀 겨울로
푸른 봄이 울창한 여름숲으로

신께서 빚어 놓은

추억은 고향을 싣고

이정표가 길을 안내해준다
강산이 서너 번 변하도록 못 가본 고향
고향이 바뀌었다

앞뜰 시냇물 졸졸 흐르고
울타리엔 햇볕 바람 잘 들고
갈참나무에 다람쥐 넘나들어
새소리 살랑이던 곳

여문 햇살 새근거리는 뜰
푸른 지붕위로 뭉게구름 폴폴

골목엔 소꿉놀이, 숨바꼭질 재잘거림 듣던
느티나무와 산샛소리만 나를 반겨준다

저녁이면 멍석 위에 달빛 깔고 앉아
된장찌개 구수하고
겨울이면 아랫목에 손 녹이며
엉덩이는 원숭이 엉덩이처럼 붉게 단풍이 스며들었다

세월 돌담에 까치 한 마리
유년의 옷소매에 묻은 고향 엄마 냄새를 만지며
푸른 기차는 추억을 싣고 오솔길을 달린다

레몬에이드이고 싶다

샛노란 유리잔에 뜬
보름달

한 모금 두 모금 삼킬 때마다
새콤달콤 미끄러지는
속살이 갈증을 풀어준다. 마법처럼

벚꽃이 하얀 설탕처럼 쏟아져
내리는 봄날

구름이 빗방울을 몰고 와
화살비가 쏟아진다는 일기 예보

바다는 파도를 세차게 몰고 와
모래알을 헤집는다
아무리 급해도 서두르지 않는 꽃게
잔에 남겨진 레몬즙을 두 잔째 들어 마신다

깊은 잔 아래 덩그러니 남아

입안에 천천히 씹히는 알갱이
깊은 곳은 낮아지고
높은 곳은 깊어진다

한때 모래알이었던 알갱이
다시 까끌한 입맛 개운하게 씻어내야겠다
달콤한 레몬에이드 한 잔 더 주세요

덕수궁 보름달 나들이

궁궐에
수란 같은 보름달이 떴습니다

저만치 총총걸음으로
120층 일터까지 따라온
휘영청 그 달빛을 삼켰습니다

1층 2층 3층 … 120층까지 따라와
어둡게 물들었던 거실, 통유리창도
금세 환하게 피었습니다

태곳적 고요
시를 밟고 오시는 임
그대 발자국 언제 오시나요?

오래 삼켰던 달님
하도 그리워
다시 밤하늘에 살며시 달아 놓았습니다

조선왕조 오백 년 덕수궁 고궁
빛나는 보름달을

시간 여행

온종일 내리는 비가 좋다
춤추고 뛰노는 참새들
2층 테라스 난간에 옹기종기 모여 앉아

초승달 같은 눈썹, 눈망울 깜박이며
거실 안이 궁금한지 들여다본다

참새가 나를 바라보는 건지
내가 참새를 바라보는 건지

핸드폰으로 영상 찍자
화들짝 놀라 달아난다

저 멀리 보이는 나무숲
잠긴 안개는 산을 감았다, 움켜쥐었다
보쌈하는 회색빛 커튼을 열어 젖힌다

창문 앞에 펼쳐진 강물
푸른 양탄자 깔아놓은 듯 흐르고

골목엔 이리저리 헤매는 들개가 보인다
안개 숲도 서서히 걷힌다

뻐꾸기 노래가 알리는 오후 시간
고장 없이 흐르는 세월
그대 있어 늘 고마운 마음
해가 중천에 떠올랐다

넝쿨장미

붉다
칼에 베인 자리
하얗게 쏟아지는 빗줄기

보도블록
담장을 넘고 벽을 넘어
가시 철망 사이로

들판에 서서 꿋꿋이 일어서는
잡초의 끈기, 그날의 함성
오! 덩굴장미여
핏줄기여

해마다 오월이면
아파서
다시 피는 넝쿨장미
붉다

연둣빛 스웨터

한 땀 한 땀
푸른 바다 물결을 촘촘히 뜨는 스웨터
짜디짠 소금의 무게

창문 달빛, 이마 맞대며
하늘, 바람, 구름 껴안고
뜨개질하던 손

무수한 계절
보푸라기 수북이 쌓여
어깨 감싸주고 품어주었던 정

오래 낡고 탈색되어도
다디단 땀방울의 인내로 빚어내
사랑의 연금술로 짜낸 스웨터

봄빛의 물푸레나무처럼
한 잎 두 잎
봄의 향기를 쌓고 있는
연둣빛 스웨터

둥글게 휘어진다는 것

산등성이
둥그렇게 휘어진 소나무

민들레와 들꽃이
감탄하며 셔터를 누르고 사진 찍네

가끔은 산까치도 앉아 쉬기도 하고
함박눈도 개미도 깊은 생각에 젖어
의자처럼 앉아 쉬었다 가네

하지만
소나무가 솔 향기 뿜어낼 때까지
바늘 구름 같은 쓰라림 솟아 동그는 빗방울
아무도 궁금해하지 않는다네

혹독한 추위를 견딘 소나무
강인한 뿌리 굳건히 내려
새, 달, 바람도
한결같이 품어주는 버팀목

둥글둥글 우리네 인생
소나무의 나이테

예술의 꽃

달빛이 설탕처럼
쏟아져 내리는 가을밤

월광 소나타 달빛
촘촘한 오선지 위에
눈썹달을 그리는
어느 음악가의 그윽한 심연

무심천 줄기 따라
푸른 꿈 꾸는 울창한 명품도시
가꾸는 섬섬옥수
숲속의 하모니 이루워

꽃, 나무, 새들 모여
청주 문화예술 꽃피우는
천년 예술의 꽃
눈부시다

디카를 찍으며

나뭇가지에
참새 한 마리

눈썹이
하도 예뻐
순간을 포착

저 구름 위로
휙-날아가며
툭-던지는 한마디

세상은 아름다워
우울할 땐
희망을 나뭇가지에 걸어놓고

푸른 싹 틔워
잎을 내고 꽃을 피워봐
봄이 올 거야

비 갠 여름날에

비 갠 아침
청명한 하늘이
연못에 내려와
파란 물감 풀어 물들여 놓으니

녹음이 푸른 도화지 되어
살랑살랑
금붕어가 꼬리지느러미로
파릇한 잎사귀에 편지를 쓰네

냉이꽃

햇살의 눈짓
바람의 손길
봄은 냉이로부터 온다

봄을 푸는 들판에
겨울을 털고 고개 든 냉이
꽃대 세운다

겨우내 얼음 속에서
찬바람을 이긴 냉이꽃

흙내음
밭둑에 눈꽃처럼 하얗게
실뿌리 내리고 있다

꽃다지

넉살스러운 바람에
버들가지 뽀송뽀송 웃고

톡톡 튀어 오르는 햇살은
봄을 끌어당긴다

밭둑에 앉아
봄을 캐는 영자의
빛바랜 대바구니 옆에 끼고

한 두 뿌리 캐어 담은 벌금 다지
어랑 어화둥둥 치맛자락
봄바람에 홀러덩

겨우내 눈 속에서 키운 푸른 꿈
향긋한 벌금 다지 꽃다지 또 꽃다지
연둣빛 꿈을 밀어 올린다

바다 1

밀물과 썰물
하얀 포말이 웃어주는 파도 소리

겨울 바다는 이미 내 안에
출렁출렁거리네

바다 2

백마 탄 기마병들이
수만 함성과
흰 갈기 휘날리며
태평양을 향해 전진한다

담쟁이넝쿨

애써 살아온 날들
뙤약볕을 향해
담벽을 타고 오르는 끈기

고난의 빗방울
서로의 허물을 덮어 주고
스스로 견디는 법을 아는 것이라며

세상을 향한 꿈
온몸 다해 도전하고 도전하는
담쟁이넝쿨

갈색 고양이

찌는 햇살에
갈색 털옷 입고
구석 앉아 힐끔힐끔

반가워 현관문 두드리며
봄이야 봄이야

풀숲에 개나리, 산나리, 초롱꽃이
온통 법석인데

애처롭게 불러도 모른 척
길만 보고 앞만 보고 야옹야옹

동그란 눈에
촉촉한 코, 부드러운 수염

앞발과 꼬리로
다지고 다진 관능적인 몸짓으로

세상을 달관한 듯
난 그저 햇볕 잘 드는 양지에
일용할 양식만 있으면 돼

귀퉁이에 앉아
디오네게스처럼 당당한 갈색 고양이야

가을비

낙엽이 엎드려
뚝뚝 눈물 흘린다

밤새 갈 곳 잃은 나뭇잎
길모퉁이에 숨어
눅눅한 벤치에 웅크린 길고양이
등에 기어오르는 고독

늦가을
헝클어진 낙엽이
어깨에 새 떼처럼 앉아 웃고 있다

가슴엔 플라타너스 잎새보다
더 큰 슬픔이 지나간다.

지난 뜨거웠던 여름은 어디로 갔는지 알 수 없어
철 지난 가을도 슬그머니 그를 버리고 가네

비가 땅을 적신다.

토지 박경리 선생님은 외로움을
가을비에 젖은 비둘기 같다고
노래하셨다
아! 가을비여

벚꽃 향기에 사랑을 싣고

무심천
벚꽃 향기가
팝콘처럼 톡톡 피어오르는 날

그녀는 내게 햇살처럼 다가와
보석처럼 반짝였지

에메랄드 쪽빛 바다가 보이는 하늘
푸르른 커튼을 열면
반딧불이 반짝이는 해운대 밤바다
이미 내 안에서 출렁거리네

눈부신 바다는 파도를 끌어안고
갈매기 어깨를 토닥여 주는데
저만치 울며 울지 않는 뱃고동 소리
더욱더 섧게 울려주네

수평선 너머
향긋한 솔나무 숲 바위틈

갈피갈피 스며든 사랑의 주파수
그녀 향한
분홍기차 부산 KTX는 한없이 달려가네

그리워서 산책

솔바람 부는 푸른 연못에
빨간 고추잠자리 꽁지
연신 뜀박질한다

풀숲 헤치며 메뚜기 잡고
다랑이 논 따라 노란 주전자
새참 들고 가는 막걸리

층층 시야 다랑이는
고단한 땀방울로
찰부랑찰부랑 부는 바람결에
벼꽃 익어가는 소리

저 푸른 산맥
봄 햇볕보다 더 따뜻하게
반겨주시던 아버지 모습
달빛처럼 스미는 그윽한 심연

우물가 푸른 두레박으로
은하수 가득 퍼 담는다

부처님 미소

어스름 땅거미 그림자
내려앉은 뜰
한가로이 뜨락을 포행하는 스님

고즈넉한 산사
빈 절 마당에 뒹구는 낙엽들
바람에 고요를 꾹꾹 눌러

온종일 고행하는 소나무
고귀한 노동의 땀 씻어내고
흔들림 없이 수행하는 길

해 걸음도
따뜻한 품속으로 태를 향한다

내 동생

1.
앞뜰 맑은 시냇가
종달새 높이 차오르고

의젓한 미루나무 가지
푸르게 반짝이는 오미 뜰 내 고향

진 등산, 언덕 산 꿩이 우는 산자락
우거진 수풀 헤치며

한여름 뜨거운 태양이 피어오르는
고추밭에서 붉은 고추 따던 동생
그곳에 우리 살았지

2.
산등성이 넓고 푸른 소나무
뙤약볕과 비바람 견디고
매서운 눈보라 맞서며

개미의 철학으로 강인함과

건축의 인내를
하늘과 땅, 우주에서 배웠지

솔 향기 가득한 텃밭
햇살과 바람이 가꿔 준

블루베리, 참외, 수박, 토마토, 포도
알알이 익으면

그 둥근 단맛을 듬뿍 나누어 주는
한결같은 정성

바다같이 넓은 마음
천근만근 가슴에 담고 사네
보석같이 빛나는 내 동생

중국 양삭의 강물

양삭에 첩채산
오색비단 깔아놓고
노닐던 옛 임은 어디로 가셨는가?
물 위에 뜬 정자만 남아 바람에 흔들린다

천 길 절벽 돌아들며
춤추는 강물
뗏목에 만삭의 햇살들을 싣고 가는데

무지개 드리운 물줄기 따라
맨발의 가마우찌
강물에 묶어 놓은 삶
서러움이 고단한 저녁나절

양삭에 우용하 강물
억겁을 흐르는 물결 이야기
몸과 마음도 출렁출렁
가을 햇살에 그림자가 아련하다

5부

보탑사 야생화를 보며

수행하는 느티나무

작은 야생화꽃들이

향기로운 말씀으로

봄 햇살들에게 길을 내준다

제비꽃 연정

바람 불어 혼자
쓸쓸한 날

길섶 한 귀퉁이에
제비꽃이 함초롬히 피었습니다

애틋한 눈빛으로
서로 마주 바라본 제비꽃이
다른 날보다 더욱더 예쁘게 피었습니다

아주 환하게 웃으며

행주 맑은 날

빗소리 들으며
설거지하다 반짝 나온 햇살에
젖은 행주를 본다

찌든 때 묶은 때
구석구석 쓸고 닦은 때
푹푹 삶아 헹군다

바람결에
뽀송뽀송
새하얗게 피어오르는 목화향기

빨랫줄에 방긋 웃는
뽀얀 행주를 걸었습니다

스타벅스 커피

고급 브랜드이어야
인기가 좋은가?

라디오에서 받은 쿠폰 가지고
스타벅스에서 우아하게 마시는
아메리카노 커피

멀리 타국 바다 건너온 흑진주
뜨거운 불길에 갓 볶아낸 온기

햇살보다 더 뜨거운 심장으로
찬 손 녹여주니 마음마저 따뜻하네

밤하늘
별빛 쏟아져 내리는 창가
초록별 머그잔에 스며드는 풀벌레 소리

깊은 강물처럼
고독이 물든 갈색 심연
짙은 가을을 마신다

복숭아를 깎으며

한여름 과일가게 광주리 속
말캉이는 작은 달덩어리

어찌 그리 고운 살빛인지
차마 한입 베어 물지 못한 채
가만히 들여다볼 뿐

한낮 복숭아 향 자명종 소리가
나를 깨운다 복숭복숭 째깍째깍

아슴아슴한 달빛
가슴 한 귀퉁이에 말캉이는 조각달
미련 몇 개 삼킬 때마다 목으로
넘겨지는 파도를 만지며

그리움 한 껍질
눈물 한 껍질
아직도 지난 계절 여름과 가을 사이를 깎고 있다

빗물로 붉게 익어버린
주홍빛 복숭아

한여름 매미 노랫소리 뜨겁다
8월의 햇살처럼

줄에 메인 까까

푸른 구름을 아이스크림처럼
먹고 사는 우리 집 귀염둥이 '까까'

어느 날 긴 목줄에 휘감겨
두 발바닥이 한 방향으로
원을 그리다 지구 속에 점점 갇혀 버렸다
아이고, 어쩔까나

한여름 땡볕 속에서
풀려면 풀수록 더욱 감기어져
까만 눈동자, 절망의 울음소리

듬직한 까까
샛별같이 반짝이는 동그란 눈에
빗방울이 뚝뚝

얼른 달려가 줄을 풀어주니
깨갱깨갱, 자유다
까까야, 사랑해

호박꽃 사랑

골목길마다
호박꽃 자루 속에
풀벌레 소리 애틋하다

긴 바지랑대에 덩그러니 매달린 넝쿨손으로
둥근 해를 안고 와

그을린 부뚜막에
따뜻한 별 국 한 그릇
감치던 맛 호박꽃의 숨결

둥근 울타리 너머로
하늘을 맴도는 고추잠자리
술래잡기하며 놀던 추억

넓은 우주를 닮은
할머니의 노란 호박꽃 사랑
갈색빛이 눈부시다

가을

해종일 부는 바람
가을은 서둘러 꼬리를 감추고

한 발자국
또 한 발자국

낙엽이
어깨 위에
새떼처럼 날아와
수북이 쌓인다

벚꽃 나들이

삼월 하순의 봄밤
무심천 벚꽃 달이 환하게 줄지어 서 있다

달빛이 눈꽃처럼 쏟아져 내리는 밤
푸른 갈대숲 반딧불이 불빛 길을 비추고
초록별 눈매 고운 새들
모여 사는 무심천

분홍 물결 흐르는
벚나무 그늘에 앉아
잠시 우울과 집착 훌훌 벗어놓는다

시냇가
물결 위 노니는 쇠오리 한 쌍
얼굴 마주 보며 어깨 출렁인다

보탑사 야생화를 보며

수행하는 느티나무
작은 야생화꽃들이
향기로운 말씀으로
봄 햇살들에게 길을 내준다

바위틈에 걸터앉아
깨달음이 낮춤인 듯
참선하는 다람쥐

자비스러운 부처님께
겹겹이 껴입은 욕심 마음의 때
벗어 버리고

소나무 가지도 잎새도
관음보살 기도문을 외우고 또 외우며
담장에 기왓장을 쌓는다

처마 밑에
작은 물고기 한 마리
맑은 풍경소리에 마음 닦는다

여의도 감정

한여름 땡볕을 머금고
가게에 수없이 쌓여있는 수박
익다 못해 늙지요

수박은 검은 줄무늬 넝쿨에 갇혀
씨는 검고 속은 타올라
붉어지는 심장이랄까

넝쿨은 까만 개미 떼처럼
할 말이 많아도 눈물을 삼키며

네가 내가 되고
내가 네가 되는
여의도 풍경

크라운산도 먹으며

분홍상자에
화관을 쓴 16개의 보름달이
환하게 웃고 있다

한가하게 꽃 구경할 새도
분 바를 새도 없었는데

이 딸기 스윗밀크 먹으면
시든 꽃도 환하게 핀다는 거지

분홍 화관 쓴 크라운산도 먹으면
여왕처럼 된다는 거지

어디 한번 마음껏 먹어 보자
달콤새콤, 고소함

팔도강산에 마시멜로 마냥
살살 녹는 너, 사랑받는 너

크라운산도, 크라운 보름달
옛다 받아라

스킨답서스

온종일 싸락눈이 힐끔힐끔 쳐다보며 내린다
영하 16도란다

베란다 초록 화분들이 거실 안으로
하나둘씩 걸어온다.

창가에 자리를 잡은 스킨답서스
눈이 힐끔 쳐다보며 잎새들이 수군거리는 것 같다

밤새
눈 속에서 녹을세라
살얼음에 지칠세라
따뜻한 털옷으로 보온해주었는데

아침에 보니
밤새 볼이 파랗게 얼어
잎새엔 이슬이 맺혀 바닥을 적시고
거실 창엔 함박눈만 한 새가 울고 있었다

이 추운 겨울에
잎새는 줄곧 나만 바라보고 눈 맞췄는데

다시 초록에 듬뿍 물주고, 사랑 주고
몇 번이고 다독여 준다

* 스킨답서스 : 병해충에 강한 저항성을 갖고 있고 관리가
쉽고 잘 자라고 그늘에서도 잘 견디는 식물.

큰 봄까치꽃

한겨울 지나
화창한 봄 양지 녘에
개불알꽃이 피었네

밤새 꽃망울 터트려
들판 한 귀퉁이에 숨어
활짝 벙그러 오르는 청보라 꽃잎

밤하늘
보일 듯 보이지 않게 피었다가
안개처럼 사라지는 개불알꽃

광활한 우주
봄 산에 당당히 뿌리내려
튼실하게 번성하는 원자들의 춤

큰 봄까치꽃

고려청자

푸른 선이 고운
고려인의 눈빛

온천지
거문고 타는 소리에
눈을 뜬다

수려한 곡선
담아도 비워도
비워지지 않는 듯

천년 세월
고려인의 꿈을
고스란히 담은 고려청자

양귀비 애 사랑

한낮
붉은 태양을 드리운 채

"개원의치"라 불리는
현종의 높은 치세와 명성…

시안 화칭츠 양귀비의 진홍빛 사랑 이야기도
깜깜한 몰약 어둠의 빛도
바람처럼 구름처럼 흘러간
덧없는 사랑이라 말해주네

간밤에 꽃물결 이는 네 가슴
꽃잎은 눈처럼 펑펑 쏟아져
뜨거운 심장은 남몰래 속만 태우는데
꽃잎은 바람을 마음을 잡고 꽃향기만 품는다

천년 세월 피고 지는
찬란한 슬픔을 태워 올린 빛
양귀비 애 사랑
양귀비의 붉은 눈물이 짙다

육거리 시장

목화 구름 두둥실
온통 구름 꽃밭이다

시장엔
봄을 풀어놓은 미나리, 상추, 근대
푸른 열무단 다독여 담은 열무김치
서리태 콩 푹푹 삶은 보리밥에 달래장 섞으니

울긋불긋 채송화밭에 피어오르는 안개꽃

울타리 밑에
서성이는 갈색 고양이 한 마리
낯익은 골목길을
자꾸만 되돌아본다

제주 감자

1.
마트에서 9,980원어치
한 봉지 감자 샀다

밭에서 갓 캐낸 흙빛 감자
비닐봉지에 들고 가다가
툭 하고 끈이 터져 버렸다

떼구루루…
하늘 향해 웃고 있는 저 감자들
누구 가슴에 울퉁불퉁 패인 걸까?
주인 싫다고 도망친 발톱 달린 저 감자
줍지 않으리 모른 척 지나가리

2.
햇볕과 독으로 분이나
갈등을 구워 먹은 날

때론 분이 나다가
때론 시퍼렇게 앙칼진 분노를

토해내는 너희들

제 분에 못 이겨 날리는 독
하얗게 터진 포대에
밀가루, 쌀가루, 분가루인지….

길 웅덩이에 웅크린 저 감자는
봄 뻐꾸기 노랫소리에 맞춰
밭고랑에서 자줏빛 꽃을 환하게
피울 수 있을까?

가을빛

바람이 달라졌다
그림자 방향이 달라졌다

분주한 햇살
해의 부리 쫓아가며 애원한다

끓는 해처럼
여름이 짧다고 노래하는 매미
귓등으로 들으며
불길 같은 된더위를 견디었지

울긋불긋
숲을 가꾸는 마음 밭에 여문 꽃씨 하나
열매가 꽃으로 씨앗으로

가을빛
빨간 지붕 위로 타오르는 노을처럼
붉게 익어가는 가을

구절초꽃

새벽 안개 밟고
마중 나온 꽃 무리

아홉 꽃잎 마디마디 굳은살
어머니의 사랑이란 꽃말

구구절절 정성 어린 기도여서
구절초라 했다지

가을 안개
연보라빛 아홉 꽃잎
함초롬히 이슬 머금고
밤새 달빛 보며 소리 없이 핀 꽃

굽이굽이
긴 세월 뿌리, 줄기, 잎을
고스란히 보약으로 달여준

가을들녘 구절초의 달큼 쌉싸름한 향기
엄마 닮은 꽃

어미 소

해종일
쟁기질로 기지개 켜는 흙덩이 갈아
씨앗 심고 돌아오면

콩깍지 여물 챙겨주고
소 잔등 쓸어주는 손
그 어깨춤에 고단한 하루가 살아 있다

봄 햇살이
땡글땡글 튀어 오르는 날
어미 소 뒤를 쫄래쫄래 뛰어노는 송아지
뜰에 앉아 볍씨 고르시던 아버지의 모습

풀 한 짐 설핏 베어 문
추억을 버무리며 되새김질한다

구수한 보리쌀 익는 마당
멍석에 달빛 깔고 앉아
황소 팔아 텃논 사고, 학비 대던 이야기

황금 보물 어미 소

일궈야 할 오월의 들판
슴벅슴벅하는 순한 눈망울
깊은 감옥에 빠진 어미 소
가난의 무거운 등짐이 얹혀 있다

구름 카페에서

1.
도도한 비행기는
푸른 바람 꽃구름 싣고 싱가포르로
사르르 사르르 첫 문장을 연다

푸른 초원엔 양 떼들이
자유스럽게 풀을 뜯고
금방이라도 잡힐 듯한
알래스카 설원인 듯
북극곰과 동방삭이 손오공도 만난다

깊은 구름 향이 밴 솜사탕
찻잔을 만지며
지나간 열정의 시간들
팔짱 낀 추억이 조용히 찾아와
잊고 살았던 얼굴들이 안개처럼 피어오른다

2.
창문 너머
세월을 초월한 고풍스러운 빨간 지붕이 익어가고

어떤 지붕은 은회색 수만 비둘기들이
날개를 펼친 듯 평화스럽다

햇살은 저만치
노랑 옷소매 부리에 묻은
도망친 꽃말 찾아

자유스러운 새 한 마리
창공을 비상한다

앵무새

내 연인은 철없는
수다쟁이 앵무새

온종일 사랑의 숫자를
암호로 속삭인다

아침 해 뜰 때부터
밤늦게까지

울창한 숲과 바람 사이를
새처럼 날고 싶은데

빨강 발톱과 파랑 부리로
여랑 야랑이 어쩌고
뉴스엔 가상화폐 비트코인이 어쩌고
북핵이 어쩌고

이 숲 저 숲에서
종일토록 우짖는 사랑의 밀어 여의도 숲 풍경소리
오묘한 숫자의 뜻을 풀 수 없네

2019년 청주 글 빛 고운 독서 대전

글 빛 고운 청주 예술의 전당에서 꼭 뵙고 싶었던 소설가 조정래 선생님께서 오셨다. 아침 맑은 햇살 가르며 친한 지인과 함께 두 시간 기다려 만났다. 드디어 입장하실 때 관중들이 빛나는 함성으로 기립박수를 쳤다. 도종환 시인님, 김병우 교육감님도 오셨다. 조정래 선생님께서 《태백산맥》, 《천년의 질문》, 《아리랑》을 쓰셨고 내용을 불꽃 같은 열정과 진지한 눈빛으로 청중들을 사로잡았다. 지리산을 13번이나 다녀오셨고 자료도 직접 수집하여 손과 발로 뛰시며 산더미 같은 역사를 집필하셨다. 열정과 투혼이 감동스럽다. 일제시대 수난과 비극 비단이 아닌 아픔을 올올이 엮어 씨실과 날실로 베를 엮어 짠 것이 태백산맥, 아리랑이다. 민중의 상처와 아픔을 감싼 분단의 삶이 빨간 꽃잎이 흩날리는 불꽃 같은 메시지였다. 사모님께서도 시인이고 청주 분이셨다. 시 한 구절도 읊어주셨다. 그립다고 말을 할까 하니 그리워 그냥 갈까 그래도 다시 더 한번 청주에 대한 애뜻한 그리움을 표현해 주셨다. 책 표지에 힘찬 사인과 태백산맥도 그려주셨다. 오늘도 힘찬 태백산맥을 읽고 또 읽고 청주 글 빛 고운 빛나는 독서 대전 보람이었다.

〈서평〉

이기숙 시인과의 만남은 몇 년 전 청주교육대학교 평생
교육원 시 창작반에서 시작되었다. 그때는 이처럼 진실하
게 끈끈하게 인연이 맺어지리라고 미처 생각하지 못했다.
이 그림 같은 시집을 읽고 있노라니 오후 내내 맑은 시
냇물에 와서 옛이야기를 나풀나풀 팔랑팔랑 비벼대는 기
분이다. 먼 추억이 떠오르고 엄마가 곧 전화할 것 같은 상
상에 빠진다. 아름다운 관계의 종소리가 퍼지는 듯하다.

굽이굽이
산 그림자 깊게 드리운 강물
칼바람 고요하다

비바람 몰아쳐도
거센 폭풍 이겨내며
무궁화 줄기마다 겨레의 숨결이 깃든
강인한 역사의 꽃 피고 또 피어 오르고

우거진 숲
푸른 강줄기마다

산은 호수를 품고
호수는 구름을 품고
안개비 흐르는 청남대

　청남대에 나오는 1연과 3연이다. 우리 모두에게 아픔을
주고 떠나신 노무현 대통령께서 청남대를 구경하시라 돌
려주셨다. 계절이 돌듯이 역사의 수레바퀴도 끝없이 돌고
돈다. 아름다운 풍광 속에 이제는 따스하게 안겨있는 청
남대.
　옛사람들은 가고 후손들은 날마다 철마다 미소를 지으
며 온다. 구시대 물결과 새 물결이 칼바람 고요하듯 그렇
게 흐르고 또 흐른다.
　이 시인님! 저와 둘이서 전주 한옥마을 1박 2일 여행
다녀오기로 해요. 제2의 시집을 꿈꾸시며 세상을 한 바퀴
더 헤엄쳐 보시길….
　세상과의 아름다운 만남을 한 번 더 공 굴리듯 산뜻하
게 굴려 보시길….

　　　　2021년 12월 거실에서 피는 국화꽃을 바라보며
　　　　　　　　　　　　　　　　　　이 선 숙(시인)

레몬에이드이고 싶다

이기숙 시집

초판 발행   2022년 3월 25일

지 은 이   이기숙
발 행 인   노용제
기   획   장서윤

발 행 처   정은출판
등록번호   신고 제301-2011-008호(2004. 10. 27)
주   소   04558 서울시 중구 창경궁로1길 29. 3F
전   화   02)-2272-8807, 02)-2272-9280
팩   스   02)-2277-1350
홈페이지   www.je-books.com
이 메 일   rossjw@hanmail.net

I S B N   978-89-5824-452-3 (03810)
값12,000원